PAUL GUILLEMIN

L'Imagerie

de Stendhal

entre-bâillée

(Avec une planche spéciale)

GRENOBLE

IMPRIMERIE TYPOGRAPHIQUE ET LITHOGRAPHIQUE JOSEPH BARATIER

Avenue Alsace-Lorraine, 24

1895

ICONOGRAPHIE

DU DAUPHINÉ

N° 3

PAUL GUILLEMIN

L'Imagerie

de Stendhal

entre-bâillée

(Avec une planche spéciale)

GRENOBLE

IMPRIMERIE TYPOGRAPHIQUE ET LITHOGRAPHIQUE JOSEPH BARATIER

Avenue Alsace-Lorraine, 24

—

1895

STENDHAL DANS L'IMAGE

Stendhal, le grand maître de l'Ecole réaliste contemporaine, est encore peu connu; il n'appartient pas à la foule. A dire vrai, la petite veilleuse stendhalienne n'a jamais été éteinte; les mains dévotieuses de quelques délicats l'ont toujours entretenue.

On a étudié Stendhal dans ses amis, ses amies, ses ennemis et ses ennemies; le romancier, le critique, et l'historien ont été scrutés à fond. Nous connaissons Stendhal ambitieux ou réservé, amoureux ou impuissant, timide ou orgueilleux, sobre ou gourmand, vaniteux ou modeste, athée ou croyant; l'alpinisme, l'intendance et le socialisme l'ont réclamé; les anarchistes le guettent.

Le siècle futur verra prospérer un nouveau pèlerinage qui a pris naissance en 1894; déjà les disciples vont s'incliner devant la boîte du bouquiniste sis en face du n° 21 du quai Voltaire; c'est là, oui c'est là que M. Teste a trouvé, dans la boîte à quatre sous, deux volumes de Stendhal enrichis de notes illisibles de sa main.

D'autres reprendront Stendhal en de nouveaux aspects; je me bornerai à l'entrevoir dans l'image. Fait assez surprenant, le sujet est bien vite épuisé, ce qui s'explique. De son vivant, Stendhal n'était connu que d'un groupe restreint d'admirateurs; les acheteurs lui ont toujours

2

manqué. Les caricaturistes bataillaient plutôt sur le terrain politique; c'est miracle que Henry Monnier nous ait transmis son M. de Fongeray, qu'Alfred de Musset l'ait croqué dansant devant une fille d'auberge, en Italie. Les traits des morts échappent à la raillerie; les œuvres seules sont encore remuées.

Je ne me dissimule pas que je fournis un travail très incomplet; c'est, à peu de chose près, l'inventaire de ma collection stendhalienne qui est donné ici. Je dois toutefois un remerciement à MM. Edmond Maignien et Louis Teste qui ont bien voulu relire mes fiches, et surtout à M. Stryienski, à qui la présente revue devra presque tout son intérêt.

Taine a dit que Stendhal vivait très bien solitaire ou en petite compagnie; je reste dans le ton en réservant cette plaquette aux Stendhaliens et à quelques Dauphinois amis des livres.

P. G.

PORTRAITS DE STENDHAL

J'emprunte la note suivante à un précieux manuscrit inédit de Collomb, de la collection Stryienski.

« J'ai eu quatre portraits de Beyle en ma possession :

1° Celui fait par M. Dedreux-Dorcy que Beyle me donna en 1839 et dont j'ai fait hommage au Musée de Grenoble, en juillet 1844 ;

2° Une copie faite par M. Dedreux-Dorcy, de son portrait de Beyle, un peu chargé. Cette copie donnée à M. Di Fiore, m'est revenue après la mort de cet ami (30 octobre 1848), et j'en ai fait cadeau le 7 décembre 1849, à Mᵐᵉ Alberthe de Rubempré, rue Trudon, à Paris (1) ;

3° Une esquisse, faite également par M. Dedreux-Dorcy, et que j'ai donnée à M. Crozet, en juillet 1844 ;

4° Le portrait le plus ressemblant qui a, en outre, de la valeur sous le rapport de l'art, est celui qui est dans ma chambre. Il a été fait à Rome en 1840, par M. O. Södermark, peintre suédois, qui l'avait exposé dans les salons de la Porta del Popolo. Beyle, alors, était âgé de 57 ans ; c'est la dernière fois qu'il s'est fait peindre (2).

Indépendamment de ces quatre portraits, il en existe deux autres faits également en Italie ; l'un fait par M. Daris, bien peint et fort ressemblant, a été conservé par l'excellent M. Donato Bucci, marchand

(1) Le portrait, la dame et la rue ont également disparu. (P. G.)
(2) Ce portrait, à l'huile, appartient à M. Cheramy qui le lègue à M. Stryienski, lequel devra, à son tour, le donner au Musée de Versailles. (P. G.)

de curiosités à Civita-Vecchia, ami et l'un des légataires de Beyle (1).
Le second, fait par un artiste italien, représente Beyle en habit de
Consul. Constantin (Abraham) en faisait peu de cas, sous le rapport
de l'art. Il est maintenant en la possession, je ne sais comment, de
M. Prosper Mérimée, de l'Institut (2).

Le portrait que possède Mme Perier-Lagrange a été fait par Boilly, à
Paris, en 1807, en une seule séance et pour le prix de cent vingt francs. »

---

(1) Ce portrait a disparu. (P. G.)

(2) Ce portrait était resté à Rome, chez M. Frezza, propriétaire de l'appartement
occupé par Beyle; Mérimée le lui aura acheté. L'œuvre a disparu pendant la Commune,
la maison de Mérimée, rue du Bac, ayant été incendiée. (P. G.)

REVUE ICONOGRAPHIQUE

PIÈCES SANS DATE

1. H. Beyle. — Portrait au crayon (1800 à 1805). Appartient à M. Pellat et se trouve à Fontaine (Isère); vient de M. Bigillion, neveu par alliance de Stendhal.

2. Reproduction photographique du précédent. Dimensions : 7×9. (Collection Stryienski.) (1).

3. Toile appartenant à la Bibliothèque de Grenoble. Dimensions : 55×45, par Pierre-Joseph Dedreux d'Orcy. (Don de Mᵐᵉ Crozet.)

Buste tourné à droite; la barbe en collier; vêtu d'une redingote noire.

4. Esquisse à l'huile de 0ᵐ12, appartenant à la Bibliothèque de Grenoble. (Copie réduite du précédent.)

Buste légèrement tourné à droite; la barbe est en collier; vêtu d'une redingote brune.

M. Henry Cordier possède une copie de cette esquisse.

---

(1) Un buste de Stendhal enfant existerait au château de Furronières à Claix, près de Grenoble, chez M. le baron Bougaud ?

5. BERTHET LE SÉMINARISTE. Gravure in-12 sur bois. En pied de 3/4 à gauche; intérieur d'église; deux personnages dans le fond, deux devant Berthet.

Cette gravure que je ne connais pas, est ainsi décrite dans mon catalogue manuscrit de la collection de M. Chaper.

6. BEYLE (STENDHAL). Portrait gravé sur bois, signé Thénard.

Cette pièce a été coupée dans un livre de format in-12 dont le titre ne m'est pas connu ; l'impression du verso a trait à l'identification des personnages de *le Rouge et le Noir* (vers 1868, de ma collection).

7. HENRI BEYLE. David 1829. Procédé de A. Collas. Portrait in-folio sur vélin. (De ma collection.)

PIÈCES DATÉES

1804

8. NEZ DE NAPOLÉON. — Dessin de Stendhal dans une lettre datée du 28 frimaire an XIII.

Se trouve dans : *Journal de Stendhal (Henri Beyle), 1801-1814*, publié par Casimir Stryienski et François de Nyon. Paris, Charpentier, 1888, 1 vol. in-12.

1807

9. Portrait de Stendhal, par Boilly. (Collection Lesbros.)

1822-1832

10. ROCHERS DE GRANIT. Deux dessins dans une lettre du 28 juillet 1822.

11. CROQUIS DU VÉSUVE. (Sans légende.) Dans une lettre du 14 janvier 1832.

12. ASCENSION DU TALENT DE RAPHAEL. Dans une lettre du 11 juin 1832.

Les nᵒˢ 10, 11, 12 se trouvent reproduits dans l'ouvrage : *De Stendhal : Correspondance inédite précédée d'une introduction par Prosper Mérimée*, Paris, Michel Lévy frères, 1855, 2 vol. in-12.

1824

13. VIE DE ROSSINI, par M. de Stendhal. Orné des portraits de Rossini et de Mozart. Paris, Boulland, 1824, 2 vol. in-8'.
Id. : Ed. de 1824.

1827

14. M. DE FONGERAY. Portrait-charge signé Henry Monnier. Lith. de Bernard. Epreuve sur chine volant. (De ma collection.)

15. Fac-similé d'une lettre de M. de Fongeray.

Les nos 14 et 15 se trouvent dans l'ouvrage : *Les Soirées de Neuilly, esquisses dramatiques et historiques,* publiées par M. de Fongeray. Paris, Moutardier, 1827, 1828, 2 vol. in-8°, et dans les éditions suivantes.

1828

16. Etats de services de H. Beyle. Fac-similé d'autographe.

Dans la *Chronique de Paris*, du 10 avril 1893.

1829,

17. *Promenades dans Rome*, par M. de Stendhal. Paris, Delaunay, 1829, 2 vol. in-8°. (2 vues et 1 plan de Rome antique.)

18. HENRY BEYLE. David 1829.

Médaillon, par David d'Angers. — En plâtre, à la Bibliothèque de Grenoble; en bronze, au Musée du Louvre.

1830

19. *Promenades dans Rome*, par M. de Stendhal. Bruxelles, Hauman, 1830, 2 vol. in-12.

1831

20. LE ROUGE ET LE NOIR, *Chronique du XIXe siècle,* par M. de Stendhal. Paris, Levavasseur, 1831, 2 vol. in-8°.

Edition originale. Vignette de Henry Monnier sur les titres.

1833

21. Portrait de Stendhal, par Alfred de Musset, dessin au crayon.

22. Charge de Stendhal, par Alfred de Musset. Dessin au crayon. Stendhal esquisse un pas de danse devant une fille d'auberge.

« Dans un album de dix dessins au crayon faits par Alfred de Musset pen-
« dant ce voyage en Italie (avec George Sand), se trouvent deux portraits de
« Stendhal de la main de l'auteur de *Rolla*. Cet album fut vendu le 6 avril 1883
« à l'hôtel Drouot, et je crois que Mme Lardin, sœur de Musset, s'en est rendue
« acquéreur au prix de 800 francs. » (Henri Cordier.)

1833-35

23. Fac-similé d'écriture.

24. Plan de la place Grenette.

25. Vue du fort de Bard.

Les nᵒˢ 23, 24, 25 se trouvent dans : *Vie de Henri Brulard, Autobiographie*, publiée par C. Stryienski, — Paris, Charpentier, 1890, 1 vol. in-12.

26-86. — Environ 60 dessins de la main de Stendhal dans le manuscrit de *Henri Brulard*, 3 vol. in-folio. (Bibliothèque de Grenoble.)

1838

87. Mémoires d'un Touriste, *par l'auteur du Rouge et du Noir*. Paris, Dupont, 1838, 2 vol. in-8°.

A la page 312 du tome ii se trouve une carte sans légende, donnant la marche de Napoléon Iᵉʳ de Pierre-Châtel à Vizille. Cette carte a été probablement dressée par l'ingénieur Crozet.

1840

88. Portrait à l'huile, fait en 1840, à Rome, par O. Södermark. (Collection Cheramy.)

1848

89. Ce qu'on appelle des idées nouvelles en 1848. — *Pierre Leroux emprunte ses petits peupliers à un pensionnaire de l'établissement national de Charenton.*

Le Charivari du 6 décembre 1848. — (Dessin de Cham.) Sur le costume du pensionnaire il est écrit : *Charenton. — Du* Moi *et du* Non Moi. — *De l'Amour.* La pensée du dessinateur manque de transparence; est-ce une allusion à l'origine de la cristallisation, au rameau d'arbre tiré des salines de Saltzbourg?

1850

90. Physiologie de l'Amour, par Stendhal (Henri Beyle). Edition illustrée de 25 vignettes, par Bertall. Paris, Barba, s. d. (1850), gr. in-4°.

1851

91. Le Rouge et le Noir, par de Stendhal (Henri Beyle). Edition illustrée de 43 vignettes, par Bertall. Paris, Barba, s. d. (1851), gr. in-4°.

1852

92. La Chartreuse de Parme, par M. de Stendhal (Henri Beyle). Edition illustrée de 43 vignettes, par Bertall. Paris, Barba, s. d. (1852), gr. in-4°.

93. L'Abbesse de Castro, par de Stendhal (Henri Beyle). Edition illustrée de 13 vignettes, par Bertall. Paris, Barba, s. d. (1852), gr. in-4°.

Dans un tirage postérieur, les n°s 90, 91, 92 et 93 ont une couverture nouvelle qui porte : Gustave Barba, Jules Rouff, succ.

1855

94. De Beyle, gravure sur cuivre. Frontispice de l'ouvrage : *de Stendhal. Correspondance inédite précédée d'une introduction*, par Prosper Mérimée. Paris, Michel Lévy frères, 1855, 2 vol. in-12.

1857

95. Beyle, Al. de Vigny, Humboldt, Talleyrand, Gérard, Cuvier, Mérimée, Rossini.

Dans le *Musée des Familles* d'avril 1857. Illustration d'un article de Mme Ancelot : Quelques salons au xixe siècle

1863

96. Daniel Wlady. — Un fils de *Madame Bovary*, élevé dans la *Chartreuse de Parme*.

La Vie Parisienne du 7 février 1863. — *Londres et Paris, Revue de l'année 1862*, par Marcelin.

97. Béatrix Cenci, par Stendhal. Deux compositions de H. de la Charlerie.

Dans : *Le Parthénon de l'Histoire*, ouvrage publié sous la direction de J. G. D. Armengaud. Paris, Imprimerie Ch. Lahure, royal in-4°. Livraisons 21 et 22, s. d. (1863). De la série : les *Reines du Monde*.

1864

98. H. B.

Dans H. B., *par un des quarante* (1); *avec un frontispice stupéfiant, dessiné et gravé par S. P. L. R.* (2). Eleutheropolis, l'an 1864 de l'imposture du Nazaréen, in-16. Tiré à 140 exemplaires.

(1) Prosper Mérimée.
(2) Rops.

Par le trou d'une serrure, Beyle regarde Mme Grua, sa maîtresse, en état d'infidélité.

1867

99. H. BEYLE.

Dans le volume : *Les Médaillons de David d'Angers, réunis et publiés par son fils.* Paris, Imprimerie de Ch. Lahure, 1867, 1 vol. in-folio.

1868

100. STENDHAL. Gravure sur bois, signée Thénard.

Dans : *Stendhal, sa vie et son œuvre*, par Alfred de Bougy. Paris, Joël Cherbuliez ; Grenoble, Prudhomme ; Genève, J. Cherbuliez, 1868, in-8°.

101. STENDHAL (HENRI BEYLE). Dessin de Firmin Gauthier. Lith. Allier, Grenoble.

Dans : *le Dauphiné* du 10 mai 1868. Tiré à part sur Hollande. Dimensions : 24×34. (De ma collection.)

1873

102. LA PREMIÈRE REPRÉSENTATION DE MARION DELORME, par Dom ; frontispice de Fleury.

La *Vie Parisienne*, 1873. « Tout le bataillon sacré est là !... H. de Latouche, Prosper Mérimée et Henry Beyle (Stendhal), trois hommes d'esprit à la plus haute puissance et à la plus aiguë, trois mystificateurs d'égale force, trois dissolvants. »

1874

103. HENRI BEYLE. *Notice biographique*, par Prosper Mérimée. 4e édition augmentée d'une note bibliographique. San Remo, chez M. J. Gay et fils, 1874, in-12. Vignette sur le titre. (De ma collection.)

104. VOTRE DÉVOUÉ, COTONET (1).

Fac-similé d'écriture dans *Revue des Documents historiques. Suite de pièces curieuses et inédites publiées avec des notes et des commentaires*, par Etienne Charavay. N° de décembre 1874.

(1) Cotonet est un des innombrables pseudonymes de Stendhal.

1876

105. STENDHAL — *Les livres, fantaisie, plume et crayon.* — LES VIEUX AMIS.

La *Vie Parisienne* du 1ᵉʳ avril 1876. Dessin non signé. L'article est signé B. :
« Les vieux amis, ceux qu'on a feuilletés cent fois pour retrouver un passage,
une ligne, un mot, dont on aime jusqu'à la forme, jusqu'à l'aspect, qui sont
une partie de nous-mêmes, du foyer domestique, de la vie de chaque jour; on
les a lus étant jeunes, on les lira encore étant vieux... »

1882

106. LA CHARTREUSE DE PARME, par M. de Stendhal (Henri Beyle). Réimpression textuelle de l'édition originale, illustrée de 32 eaux-fortes par V. Foul-
quier. Préface de Francisque Sarcey. Paris, Conquet, 1882, 2 vol. in-8°.

107. Prospectus du précédent ouvrage. 4 p. in-8°, 1 vignette.

1883

108. CŒURS DE FEMMES. LE GLAÇON. — « Blonde, incolore, œil terne, cœur
tout entier *cristallisé*, ne dégage ni chaleur, ni lumière... »

La *Vie Parisienne* du 24 novembre 1883. Dessin non signé.

1884

109. STENDHAL (HENRI BEYLE). H. Dubouchet, sculp. Dedreux d'Orcy, inv.

Dans : *le Rouge et le Noir*, par M. de Stendhal (Henri Beyle). Réimpression
textuelle de l'édition originale, illustrée de 80 eaux-fortes, par H. Dubouchet.
Préface de Léon Chapron. Paris, Conquet, 1884, 3 vol. in-8°.

110. Prospectus du précédent ouvrage ; in-8° de 4 pages, 4 vignettes.

111. CHANSON DU GRATIN. Paroles de J. Gabriel; musique de Salomon. Paris,
Lebeau, s. d. (1884), in-folio de 8 pages.

Le nom de Stendhal figure dans le frontispice qui est signé : Pirodon, d'après
Rambaud.

112. BEYLE (STENDHAL). Reproduction photographique de la toile de Dedreux
d'Orcy. Grenoble, Phot. Eug. Léon. Dimensions : 11×15. (De ma collection.)

113. Le même. Grenoble, Photographie Rostaing-Biéchy. Dimensions :
8×10. (Collection Stryienski.)

1885

114. Henri Beyle, dit Stendhal., 1783, 1842.

Buste en plâtre, par Auguste Rubin. Hauteur 0^{m}90. Ce buste qui a figuré au Salon de 1885 a été brisé.

115. Réduction en plâtre du précédent. Appartient à M. Albert Ravanat, libraire, qui l'a transporté à Proveyzieux.

116. Henri Beyle, dit Stendhal. Photographie du buste original de Rubin. Dimensions : 18×24. (De ma collection.)

117. Portraits du Siècle. Composition signée : *Sahib.*

La Vie Parisienne du 16 mai 1885. L'article signé Dom G., donne de la manière de Stendhal le curieux pastiche que voici :

Stendhal, essouflé. — Qu'on fasse venir l'Ambassadeur!...

Marat, hargneux. — Ça doit s'manger, l'Ambassadeur!...

Entrée de l'Ambassadeur en chef.

Stendhal, grave. — Monsieur, la gaîté étant la plus belle vertu de la jeunesse, il est juste que nous soyons gais. La cristallisation a bien son mérite, et pourquoi voulez-vous nous empêcher de nous cristalliser en compagnie de ces dames?... Le plus grand bonheur que puisse donner l'amour, c'est le premier serrement de main de la femme qu'on aime (1).

Ces Dames. — Va donc, farceur!...

Stendhal. — ...Car il arrive que le second symptôme (quels plaisirs elle me donnerait!) ne suit pas toujours le numéro un; ce qui prouve que nous avons le droit d'être gais (Bravos). Ceci dit, Monsieur l'Ambassadeur, si vous voulez vous joindre à nous, vous nous ferez honneur et plaisir!... (Bravos, bis, cris, hurlements).

1886

118. *Drôle d'idée que vous avez à Grenoble, de donner à une rue un double nom : Beyle-Stendal. — C'est pourquoi on l'appelle rue Stendhal de jour et rue Beyle de nuit* (2),

L'Isère illustrée du 18 juillet 1886. Le dessin, non signé, est de M. Dorel.

119. Henri Beyle. David 1829.

Dans : *Le Rouge et le Noir*, Paris, Lemerre, MDCCCLXXXVI, 2 vol. in-12.

(1) Autre pastiche : « Le plus grand bonheur que puisse donner l'amour est la première vue du bonnet de nuit de la femme qu'on aime. » Stendhal. *(La Vie Parisienne du 16 mai 1885.)*

(2) Les marchandes de la place aux Herbes, à Grenoble, disent : « *rue de la belle Stendhal.* »

1888

120. PHYSIOLOGIE DER LIEBE, VON STENDHAL. Berlin, Alfred Fried Berlag, 1 vol. in-12. (Couverture illustrée.)

121. *Quelques heures après, quand Julien sortit de la chambre de Mme Rénal, on eut pu dire, en style de roman, qu'il n'avait plus rien à désirer.* — STENDHAL.

La Vie Parisienne du 15 septembre 1888. L'article signé : Inauth, a pour titre : *Anciens et Modernes, plus ça change.* — (Dessin non signé.)

122. Portrait sans légende. Photogravure.

Dans : *Journal de Stendhal*, 1801, 1814, publié par Casimir Stryienski et François de Nion. Paris, Charpentier, 1888, 1 vol. in-12.

123. *L'année dans un fauteuil. Revue de 1888, en trois actes et vingt-cinq tableaux, précédée d'un prologue*, par Jules de Marthold. Dessins de Loron, Lebègue et Job. Paris, Magnier, 1888, 1 vol. in-4°.

Dans le huitième tableau, *Emile aux enfers*, M. Zola se rencontre avec Balzac, Abélard, Rousseau, *Stendhal*, etc.

1889

124. BEYLE-STHENDAL *(sic)*, par L. Col.
L'Actualité dauphinoise illustrée du 10 mars 1889.

125. STENDHAL.

Dans : *Histoire du Siècle*, 1789-1889. Peinture de MM. Stevens et Gervex. Notice de M. Joseph Reinach. Paris, Lévy, 1889, 1 vol. in-8°.
Stendhal est reproduit sous le numéro 258 ; il cause avec Casimir Delavigne.

126. PLAN DE CARVILLE.

Dans : *Lamiel, roman inédit*, par Stendhal. Publié par Casimir Stryienski. Paris, Quantin, 1889, 1 vol. in-12.
« Voici peut-être le plus curieux document graphique que l'on puisse offrir aux Stendhaliens ; ils auront un spécimen de cette élégante et illisible écriture (suivant les expressions de Victor Jacquemont) et ce plan imaginaire qui prouve avec quel scrupule l'auteur de *Lamiel* cherchait la réalité. » (C. S.)

1890

127. Médaillon de David d'Angers. (Sur le titre.)
128. Fac-similé d'une lettre de Stendhal. (P. 33.)

129. Fac-similé d'écritures. (P. 101.)

130. M. de Fongeray. (P. 127.)

131. Portrait d'après Dedreux d'Orcy. (P. 129.)

132. Reproduction du monument que Colomb a fait élever à Stendhal au cimetière Montmartre. (P. 138.)

Les numéros 127-132 se trouvent dans : *Stendhal et ses amis, notes d'un curieux*. Achevé d'imprimer à Evreux, par Charles Herissey, le trente et un janvier mil huit cent quatre-vingt-dix, pour le compte de l'auteur Henri Cordier, 1 vol. in-4º.

Le volume donne, en outre, des vues de Grenoble, Bourg-d'Oisans, Pont-de-Claix et Pont-en-Royans.

133. L'Abbesse de Castro, avec illustrations de Eugène Courboin. Paris, publié pour les Sociétaires de l'Académie des Beaux Livres, 1890, 1 vol. grand in-8º.

Cette édition a été exécutée pour les *Bibliophiles contemporains*, à 190 exemplaires, sur papier filigrané à leur marque. Elle est illustrée de 12 en-têtes et culs-de-lampe, et d'encadrements variés en tons différents.

1892

134. A Stendhal. Eau-forte de Fantin-Latour.

Sur le soubassement du tombeau il est écrit : *Stendhal, Milanese, visse, scrisse, amo*. Signé en bas, à gauche : *Fantin*.

Premier état, marge de gauche : *A la mémoire de H. Beyle*, 12 juin 1892. Marges de droite : en musique et surmontées de l'indication *dolce*, les premières mesures de la cavatine d'Elena : *O matutini albori*.

135. Deuxième état du précédent : avec le quantième 19 substitué au quantième 12.

136. Réduction du précédent, par l'héliogravure. Dans l'Artiste de juin 1892.

137. Paris. — Inauguration du Monument de Stendhal au cimetière Montmartre. (Dessin de Paul Destez.)

L'*Univers illustré* du 25 juin 1892. Le dessin représente le tombeau surmonté du médaillon de David d'Angers, avec l'inscription : « *A Henri Beyle (Stendhal), ses amis de 1892*.

Arrigo Beyle

Milanese

Scrisse

Amô

Visse.

Un cartouche donne le portrait de Stendhal.

138. Moulage en plâtre bronzé du médaillon du cimetière Montmartre. Diamètre : 0^m45. (Collection Stryienski.) Ce médaillon a été fait en 1892 par le fils de David d'Angers.

139. A STENDHAL, ses admirateurs et ses amis de 1892. (Médaillon de David d'Angers.)

La Revue des Alpes du 25 juin 1892.

140. STENDHAL (HENRI BEYLE) (1783-1842). — Médaillon de David d'Angers. *Revue encyclopédique* du 15 septembre 1892.

141. A HENRI BEYLE (STENDHAL), ses amis de 1892. (Médaillon de David d'Angers.)

Dans : *Inauguration du monument funéraire d'Henri Beyle au cimetière Montmartre, le 19 juin 1892.* Imprimerie du journal *Le Havre.* Brochure in-4°; il y a deux éditions, de 8 et 14 pages.

142. STENDHAL (HENRI BEYLE), d'après le médaillon de David d'Angers (1825) (*sic*). Héliog. Dujardin.

Dans : *Stendhal,* par Edouard Rod. Paris, Hachette, 1892, 1 vol. in-12.

1893

143. STENDHAL. (Dedreux Dorcy.)
Dans : *La Chronique de Paris,* du 10 avril 1893.

144. *Aux grands hommes la Patrie reconnaissante. — A nous les biographes de Stendhal, tous ceux qui nous rasent avec leur moi ou celui de Stendhal, les Rosny, les Guiches, les Poictevin et encore plus d'etcœtera.*

La Vie Parisienne du 15 juillet 1893. Dessin de Sahib.

145. BEYLE.
Gazette des Beaux-Arts du 1er septembre 1893. Par Sodermark. Collection de P.-A. Cheramy.

146. STENDHAL. Dessin ovale à la plume, de M. Mohoffer. Dimensions : 5×7. (Collections Cheramy et Stryienski.)

147. HENRI BEYLE. (Collection de M. Lesbros.) Boilly pinxit (1807). — J. Mohoffer delin (1892).

Dans : *Stendhal raconté par ses amis et ses amies. Documents et portrait inédits.* Paris, Laisney, 1893, in-4° (par Auguste Cordier).

Ce portrait a été tiré en plusieurs états, avant et avec lettre, en noir, en bistre, en rouge, etc.

1894

148. *M. Gustave Rivet et les bons Dauphinois-tortues s'agitent pour élever un monument à Stendhal et ne trouvent rien.*

— *Aidons-les un peu : sa tête sera sculptée dans les flancs cristallisés du Mont-Pelvoux!*

Dessin à la plume signé : Tézier, juin 1894. Dimensions : 23×28. (De ma collection.)

Ce dessin a été fait pour *le Charivari* et non inséré. Le médaillon de Stendhal est incrusté non pas dans les flancs du Mont-Pelvoux, mais bien dans ceux de la Barre des Ecrins. En bas, le Glacier Noir; à gauche, le col des Avalanches et le Fifre.

149. Portrait à la sanguine, par Mlle Stryienska. Dimensions : 13×19. (Collection Louis Teste.)

150. Miniature sur ivoire, par Mlle Stryienska, Dimensions : 7×9. (Collection Stryienski.)

Les n°s 149 et 150 sont faits d'après le n° 1.

151. L'Epopée dauphinoise. Fusain de M. Emile Guigues, d'Embrun. Dimensions 28×39. (De ma collection.) Stendhal est au premier plan; il marche bras-dessus, bras-dessous, avec Berlioz et Emile Augier (1).

152. Reproduction du n° précédent. Gravure de Bordier. Dimensions : 18×23.

Tirages d'essais de la maison Bordier et de l'imprimerie Chaix; treize états de papiers, de couleurs et de formats. (De ma collection.)

153-154. Deux dessins à la plume de M. Emile Guigues. Dimensions 17×26, 19×27. (De ma collection.) Stendhal est emporté vers la mer, dans une ronde de Dauphinois.

Les numéros 151, 152, 153, 154, ont été faits pour illustrer mon ouvrage en préparation : *le Dauphiné et les Dauphinois dans la charge et la caricature.*

155. L'Abbesse de Castro. Illustration de Paul Chabas, gravée par Horrie. Paris, Lemerre, 1894, 1 vol. in-32.

1895

156. Déjeuner des Stendhaliens. — 1er décembre 1895. — Paris, Imprimerie Hénon. (Tiré à 8 ex.) Dessin inédit de Tézier.

Plaquette de 4 p. in-8° reproduisant en réduction le n° 148. (De ma collection.)

(1) Reproduit en frontispice hors texte dans cette plaquette.

FAMILLE DE STENDHAL

157. Henri Gagnon, grand-père de Stendhal. Portrait appartenant à la Bibliothèque de Grenoble.

158. Reproduction du précédent. Cliché H. Duc.

Dans : *Bulletin de l'Académie Delphinale*. 4ᵐᵉ série, tome 3, 1889. Grenoble, Allier, 1890, 1 vol. in-8°.

Se retrouve dans : *L'enfance de Henri Beyle*, d'après des documents inédits, par C. Stryienski. Grenoble, Gratier, 1889, br. in-8°.

159. Pauline Beyle, sœur de Stendhal (Mᵐᵉ Perier-Lagrange). Portrait à l'huile fait sous Napoléon Iᵉʳ. Appartient à M. Pellat, et se trouve à Fontaine.

160. Photographie du précédent. Dimensions : 7×9. (Collection Stryienski.)

161. Reproduction du précédent. Buste à la sanguine, par Mˡˡᵉ Stryienska. Dimensions : 17×25. (Collection Stryienski.)

162. Copie du précédent. Dimensions : 13×19. (Collection Louis Teste.)

163. Zénaïde Beyle, seconde sœur de Stendhal (Mᵐᵉ Alexandre Mallein). Reproduction photographique d'une photographie faite vers 1860. Dimensions : 3×5. (Collection Stryienski.)

164. D'après le précédent. Sanguine de Mˡˡᵉ Stryienska (1894). Dimensions : 13×19. (Collection Louis Teste.)

FIN

Grenoble, imprimerie Joseph Baratier, 24, avenue Alsace-Lorraine. — 627.

www.ingramcontent.com/pod-product-compliance
Lightning Source LLC
Chambersburg PA
CBHW060906180626
46818CB00004B/1843